ILAYSKA AFAFKA

SVENSKA-ENGLISH
SVENSKA-SOOMAALI
SOOMAAALI-SVENSKA

Dr. Badal W. Kariye
(Hunbul)

PREFACE

This is the first trilingual Swedish-English, Swedish-Soomaali and Somali-Swedish Teach Yourself Course which is very easy to understand and use everyday Swedish language. I hilghy made it simple for us to learn languages easly while doing the best.

So, if you would like to learn Swedish or English, and it is the first time to learn any of these languages then this is the right bilingual book for you.

If you think that you can learn languages easily then you are the right winner to teach others how to concentrate and teach others in need.

Please let's learn together and teach others in need.

You can enjoy learning Swedish and English.

Authored by Dr. Badal W. Kariye.

ISBN: 978-1-312-32596-8

INNEHÅLL
CONTENTS

LEKTION 1 LESSON 1

SVENSKA
ENGLISH

De Svenska Alfabet
Swedish Alphabets.

A(a) B(b) C(c) D(c) D(d) F(f) G(g) H(h) I(i) J(j) K(k) L(l) M(m) N(n) O(o) P(p) Q(q) R(r) S(s) T(t) U(u) V(v) W(w) X(x) Y(y) Z(z)

Svenska Vokaler
Swedish Vowels

a
e
i
o
u
y
å
ä
ö

Viktiga Ord
Important Words

Ja yes

Inte no

Aldrig never

Tack thank you

Varsägod! Welcome!

Jag förstår inte. I do not understand.

Talar du Svenska? Do you speak Swedish?

Engelska. English.

Franska. French.

Jag talar inte Svenska. I do not speak Swedish.

Jag vet inte. I do not know.

Mitt namn är Badal. I call Badal/My name is Badal.

LEKTION 2 LESSON 2

SVENSKA
ENGLISH

Hej! Hi!

Hur mår du? How are you?

God morgon. Good morning.

God eftermiddag. Good afternoon

God kväll. Good evening.

God natt. Good night.

Adjö! Goodbye!

Hejdå! Goodbye!

Personliga Pronomen
Personal Pronouns

jag (yoo) I

Du (du) You

Han (haan) He

Hon (hoon) She

Vi (fii) We

Ni (nii) You

De (dey) They

LEKTION 3 LESSON 3

SVENSKA
ENGLISH

Ursåkta! Excuse me!

Förlåt! Sorry!

Kan du hjålpa mig? Can you help me?

Kan du såga mig? Can you tell me?

Kan jag få? Can I have it?

De Måneder i året
The Months of the Year

Januari	January
Februar	February
Mars	March
April	April
Maj	May
Juni	June
Juli	July
Augusti	August
September	September
Oktober	October
November	November

December December

LEKTION 4 LESSON 4

SVENSKA
AF-SOOMAALI

Jag skulle vilja ha en/ett. I would like.

Vill du ha en/ett ? Would you like?

Vill ni ha en/ett? Would you like?

Finns det en/ett....här? Is there ….here?

Ord
Word

mor mother

far father/daddy

dess son

dotter daughter

farbror uncle

faster eedo

pojke boy

flicka girl

här here

där there

LEKTION 5 LESSON 5

SVENSKA
ENGLISH

Var kan jag få..? Where can I get ...?

Hur mycket kostar det? How much this?

Jag måste gå nu. I must go now.

Jag har tappat bort mig. I get lost my way/I lost my way.

Jag har förlorat mit pass. I lost my passport.

Ord
Word

lärare teacher

professor Professor

ingenjör Engineer

läkare doctor

studerande student

penna pen

bok book

tavlan blackboard

krita chalk

exempel example

LEKTION 6 LESSON 6

SVENSKA
ENGLISH

Skåll! Nice!

Tar ni kreditkort? Do you take a credit car?

Var år toaletten? Where is the bathroom? Where is the restroom?

Utmårkt! Nice!

Har du lite vatten? Do you have some water?

Jag vill ha lite. I have few/some.

Far father

Tee tea

Mat food

Mjölk milk

Bryta bread

Kött meat

Pasta pasta

Morot carrot

Ris rice

Bönor beans

Smör soup

Kaffe Coffee

LEKTION 7 LESSON 7

SVENSKA
ENGLISH

Adjö! Goodbye!

Akta dig! Watch out!

Bra good

Hej! Hi!

Hur står det till? How do you do?

Hursa! Pardon!

Djur
Animals

Lejon lion

Tiger tiger

Dem hen

Kamel camel

Get goat

får sheep

Skinda pork

Fågel bird

Fisk fish

LEKTION 8 LESSON 8

SVENSKA
ENGLISH

Ja haa

Jag förståre inte. I do not understand.

Jag vet inte. I do not know.

Just det. That is correct.

Inte no

Stig in!	Come in!

Personliga Pronomen
Personal Pronouns

Jag är.	I am
Du är.	You are
Han är.	He is
Hon är.	She is
Vi är.	We are
Ni är.	You are
De är.	They are

LEKTION 9 LESSON 9

SVENSKA
ENGLISH

Tack! Thank you!

Tack, bra.Thank you very much.

Vålkommen! Welcome!

Vi ses senare. See you later.

Far father

tee tea

mat food

mjölk milk

bryta bread

kött meat

pasta (baashta) baasto

morot (mulut) daba-caseeye, karooto

ris (briis) bariis

bönor beans

smör soup

kaffe coffee

LEKTION 10 LESSON 10

SVENSKA
ENGLISH

Att hyra! Rental

Damer lady

Drag push

Icke non

ingen ingång. No entrance.

Utgång. Exit.

Fritt inträde. Free entry

Fullsatt. Full.

Vem? Who?

Vad? What?

Vilket? Which?

När? When?

Varför? Why?

Varför inte? Why not?

LEKTION 11 LESSON 11

SVENSKA
ENGLISH

Phrases

Ja Yes

inte no

Tack thank you

Inte, tack. No, thank you.

Varsåsod! Welcome!

Jag förstår. I understand.

Jag förstår inte. I do not understand.

Glädja! Fadlan!

LEKTION 12 LESSON 12

SVENSKA
ENGLISH

Conversation

Talar du engleska? Do you speak English?

Somaliska. Somali.

Franska. French.

Tyska. German.

Jag tahlar inte Svenska. I do not speak Swedish.

Jag vet inte. I do not know.

Bil car

flygplan airplane

TV television

Båt boat

pengar money

Ljus light

Gata street

Bro bridge

tråd wire

LEKTION 13 LESSON 13

SVENSKA
ENGLISH

Kan du tala långsammare? Tack	Can you speak slowly?
Kan ni tala långsammare, tack.	Can you speak slowly?
Var snäll ock skriv upp det för mig.	Please write it for me.

Personliga Pronomen
Personal Pronouns

jag	I
Du	You
Dan	He
She	She
Vi	We
Ni	You
De	They

LEKTION 14 LESSON 14

SVENSKA
ENGLISH

God morgon. Good morning.

God eftermiddag. Good afternoon.

God kväll. Good evening.

God natt. Good night.

Adjö! Goodbye!

Hejdå! Goodbye

Jag har. I have.

Du har. You have.

Han har. He has.

Vi har. We have.

Ni har. You have.

De har. They have.

LEKTION 15 LESSON 15

SVENSKA
ENGLISH

Hur mår du? How are you?

Förlät! Sorry!

Ursäkta! Excuse me! I beg your pardon!

Mitt namn är Badal. My name is Badal.

Jag är mycket ledsen. I am very sorry.

Possessiva Adjectives
Possessive Adjectives

min my

din your

hans his

henne her

vår our

din your

deras their

LEKTION 16 LESSON 16

SVENSKA
ENGLISH

Kan du hjälpa mig? Can you help me?

Kan du saga mig? Can you tell me?

Kan jag få? Can I have?

Ja, du kan ha. Yes, you have.

Personliga Pronomen
Personel Pronouns With Verb To Be

Jag är.	I am
Du är.	You are
Han är.	He is.
Hon.	She is.
Vi är.	We are.
Ni är.	You are.
De är.	They are.

LEKTION 17 LESSON 17

SVENSKA
ENGLISH

DAGARNA AV VECKAN
THE DAYS OF THE WEEK

Måndag. Monday

Tisdag. Tuesday.

Onstag. Wednesday.

Torstag. Thursday

Fretag. Friday

Löndag. Saturday.

Söndag. Sunday

Det är på Måndag. It is on Monday.

Det är på Fredag. It is on Friday.

Nästa Måndag. Next Monday.

Nästa Fredags. Next Friday

Förra året. Last year

Nästa år. Next year

Nästa veckan. Next week.

Förra veckan. Last week.

LEKTION 18 LESSON 18

SVENSKA
ENGLISH

MÅNADADERNA ÅRET
THE MONTH OF THE YEAR

Januari. January.

Februari. February

Mars. March.

April. April

Maj. May.

Juni. June.

Juli. July.

Augusti. August.

September. September.

Oktober. October.

November. November.

December. December.

Vilken tid är det? What time is it?

Det är 01:00 klocken. It is 1:00 clock.

Nu. Now.

Sen. Late.

Tidig. Early

Snabb. Quick.

LEKTION 19 LESSON 19

SVENSKA
ENGLISH

ANTAL
NUMBERS

0 noll zero

1 ett one

2 twå two

3 tre three

4 fyra four

5 fem five

6 sex six

7 sju seven

8 åtta eight

9 nio nine

10 tion ten

11 elva eleven

12 tolv twelve

13 tretton thirteen

14 fjorton fourteen

15 femton fifteen

16 sexton sixteen

17 sjutton seventeen

18 arton eighteen

19 nitton ninteen

20 tjugo twenty

LEKTION 20 LESSON 20

SVENSKA
ENGLISH

i dag today

i går yesterday

i morgon tomorrow

i förgår the day before yesterday

i övermorgon the day after tomorrow

den här veckan this week

förra veckan last week

nästa veckan next week

i morse this moring

i eftermittag this afternoon

i kväll this evening

i natt this evening

i går kväll tonight

omen tre dagar within three day

för tre dagar before three days

sen late

tidig early

snabb quick

senare recent

just nu just now

en sekunde second

en minut a minute

en kvart quarter

en halvtimme half hour

tre kvart forty-five minutes

LEKTION 21 LESSON 21

SVENSKA
ENGLISH

De Svenska Alfabet
Swedish Alphabets.

A(a) B(b) C(c) D(c) D(d) F(f) G(g) H(h) I(i) J(j) K(k) L(l) M(m) N(n) O(o) P(p) Q(q) R(r) S(s) T(t) U(u) V(v) W(w) X(x) Y(y) Z(z)

Svenska Vokaler
Swedish Vowels

a
e
i
o
u
y
å
ä
ö

Viktiga Ord
Important Words

Ja yes

inte no

aldrig never

Tack thank you

Varsägod! Welcome!

Jag förstär inte. I do not understand.

Talar du Svenska? Do you speak Swedish?

Engelska. English.

Franska. French.

Jag talar inte Svenska. I do not speak Swedish.

Jag vet inte. I do not know.

Mitt namn är Badal. I call Badal/My name is Badal.

LEKTION 22 LESSON 22

SVENSKA
ENGLISH

Hej! Hi!

Hur mår du? How are you?

God morgon. Good morning.

God eftermiddag. Good afternoon

God kväl. Good evening.

God natt. Good night

Adjö! Goodbye!

Hejdå! Goodbye!

Nu. Now.

Sen. Late.

Tidig. Early.

Snabb. Quick

LEKTION 23 LESSON 23

SVENSKA
ENGLISH

Ursåkta! Excuse me!

Förlåt (furlaawt) Waan ka xumahay

Kan du hjålpa mig? Can you help me?

Kan du såga mig? Can you tell me?

Kan jag få? Can I have?
Nästa Måndag. Next Monday.

Nästa Fredags. Next Friday

Förra året. Last year

Nästa år. Next year

Nästa veckan. Next week.

Förra veckan. Last week.

LEKTION 24 LESSON 24

SVENSKA
ENGLISH

Jag skulle vilja ha en/ett I would like

Vill du ha en/ett? Would you like some?

Vill ni ha en/ett? Would you like some?

Finns det en/ett …här? Is there ...here?

Drag. Push.

Icke. Not.

ingen ingång. No entrance.

Utgång. Exit.

Fritt inträde. Free entrance.

Fullsatt. Full.

Här. Here.

Där. There.

Färval! Goodbye.

LEKTION 25 LESSON 25

SVENSKA
ENGLISH

Var kan jag få..? Where can I get?

Hur mycket kostar? How much?

Hur mycket kostar det? How much this?

Jag måste gå nu. I must go now.

Jag har tappat bort mig. I lost my way.

Jag har förlorat mit pass. I have lost my passport.

Hus house

Skola school

Moské moske

kyrka church

LEKTION 26 LESSON 26

SVENSKA
ENGLISH

Skåll! Nice! Good!

Tar ni kreditkort? Do you take credit card?

Var år toaletten? Is there a restroom? Is there a toilet? Is there a bathroom?

God morgon. Good morning.

God eftermiddag. Good Afternoon.

God kväll. Good evening.

Godnatt. Good night.

Adjö! Goodbye!

Utmårkt! Nice!

LEKTION 27 LESSON 27

SVENSKA
ENGLISH

Adjö! Goodbye!

Akta dig! Look out!

Bra. Good.

Hej! Waa sidee!

Hur står det till? How do you do?

Hursa! Excuse me!

Ja. Yes.

Jag förståre inte. I do not understand.

Jag vet inte. I do not know.

Just det! That is right!

Inte (inte) Maya

Stig in (staay in) Soo gel

LEKTION 28 LESSON 28

SVENSKA
ENGLISH

Ja. Yes.

Jag förståre inte. I do not understand.

Jag vet inte. I do not know.

Just det. That is right.

Inte. Not.

Stig in! Come in!

Se dig senare. See you later.

Se dig snart. See you soon.

Snabb. Quick

Sen. Late.

I. in

Ut. Out

komma! Come!

Gå bort! Go away!

Personliga Pronomen
Magac-uyaalada Shaqsiyeed

jag (yoo) Aniga(u)

du (du) Adiga(u)

han (haan) Asaga(u)

hon (hoon) Ayada(u)

vi (fii) Anaga(u)

ni (nii) Adiga(u)/Adinka(u)

de (deey) Ayaga(u)

LEKTION 29 LESSON 29

SVENSKA
ENGLISH

Ord
Words

Mor mother

Far father

Dess son

Dotter daughter

Farbror uncle

Faster aunt

Pojke boy

Personliga Pronomen
Personal Pronouns

Jag. I

Du. You

Han. He.

Hon. She.

Vi. We.

Ni. You.

De. They.

LEKTION 30 LESSON 30

SVENSKA
ENGLISH

Djur
Xayawaan

Lejon/Lejonet lion/lioness

tiger tiher

Dem hen

Kamel camel

Get goat

Får sheep

Skinka/Lår ham

Fågel bird

Fisk fish

Tee tea

Mat food

Mjölk milk

Bryta bread

Kött meat

Pasta pasta

Morot carrot

Ris rice

Bönor beans

Smör soup

Kaffe Coffee

ILAYSKA AFAFKA

SVENSKA-SOOMAALI

INNEHÅLL
DULACDA HADALKA

LEKTION 1 CASHARKA 1

SVENSKA
AF-SOOMAALI

De Svenska Alfabet
Alfabeetadda Iswiidhishka

A(a) B(b) C(c) D(c) D(d) F(f) G(g) H(h) I(i) J(j) K(k) L(l) M(m) N(n) O(o) P(p) Q(q) R(r) S(s) T(t) U(u) V(v) W(w) X(x) Y(y) Z(z) Å(å) Ä(ä) Ö(ö)

SVENSKAVokaler
Shaqalladda Af-iswiidhishka

a
e
i
o
u
y
å
ä
ö

Kalmado Muhiin Ah iyo Dhawaaqa

Ja (yaa) Haa

inte (inta) Maya

aldrig (aldhi) maya, ma ba ahan

Tack (taak) Mahadsanid

Varsägod! (faarsgood) Soo dhawoow!

Jag förstär inte (yoo furshtawr inte) Ma fahmin

Talar du Svensk? (taahlar du sfanska) Ma ku hadashaa Af-iswiidishka

Engelska (Engelska) Ingiliish

Franska (Franska) Faransiis

Jag talar inte SVENSKA(yoo Taahlar in the sfanska) Aniga(u) Ma ku hadlo Af-iswiidhish

Jag vet inte (yoo viit inte) Aniga maa aqaano/Ma garanayo

Mitt namn är Badal (mit naamn Badal) Aniga(u) magacayga waa Badal.

LEKTION 2 CASHARKA 2

SVENSKA
AF-SOOMAALI

Hej (heey) Waa sidee?

Hur mår du? (huur mawr du) Sidee tahay?

God morgon (goo moron) Subax wanaagsan

God eftermiddag (good aftamidoog) Galab wanaagsan

God kväll (good keel) Fiid wanaagsan

God natt (goonaat) Habeen wanaagsan

Adjö (ayoo) Nabadgelyo (Qaab ixtiraam)

Hejdå (haydhaw) Nabadgelyo (Qaab caadi ah)

Personliga Pronomen/Magac-uyaalada Shaqsiyadeed

jag (yoo) Aniga(u)

du (du) Adiga(u)

dig (daay) Adiga(u)

herre (haarra) Adiga(u)

han (haan) Asaga(u)

hon (hoon) Ayada(u)

vi (fii) Anaga(u)

ni (nii) Adiga(u)/Adinka(u)

de (deey) Ayaga(u)

LEKTION 3 CASHARKA 3

SVENSKA
AF-SOOMAALI

Ursåkta (uwrsheekta) Iga raalli ahoow

Förlåt (furlaawt) Waan ka xumahay

Kan du hjålpa mig? (kaan du helba du maay) Adiga(u) ma I caawi kartaa?

Kan du såga mig? (kaan du saaya maay) Adiga(u) ma ii sheegi kartaa?

Kan jag få ? (kaan yoo faaw) Aniga(u) ma haysan karaa?

De Måneder i året/Bilaha Sannadka

Januari (yanwahri Janaayo/Bisha koowaad

Februar (feebrwahrii) Feebaraayo /Bisha labaad

Mars (maash) Maaj/ Bisha seddexaad

April (abriil) Abriil/Bisha afaraad

Maj (Maay) Meey/Bisha shnaad

Juni (yuuni) Juun/Bisha lixaad

Juli (yuuli) (yuuli) Luulyo/Bisha toddobaad

Augusti (ahguusti) Agoosto/Bisha sideedaad

September (sebteember) Siteemba /Bisha sagaalaad

Oktober (oktoobar) Aktoobar/Bisha tobnaad

November (nofeembar) bisha koow iyo tobaad

December (diseembar) bisha laba iyo tobnaad

LEKTION 4 CASHARKA 4

SVENSKA
AF-SOOMAALI

Jag skulle vilja ha en/ett (yoo skuuleh filya hah ehn/ett) Aniga(u) waxaan jeclaan lahaa

Vill du ha en/ett ? (fiil du ehn/ett?) Adiga(u) ma jeclaan lahayd?

Vill ni ha en/ett? (fiil du haa en/et?) Adiga(u) ma jelaan lahayd?

Finns det en/ett....här? (fiins dhaay ehn/et....haar) Ma jiraa...halkan?

Ord
Ereyo

mor (muur) hooyo

faar (faar) aabo, aabe

dess (dees) inan

dotter (dhoqtar) inan

farbror (faarbuwar) adeer

faster (faastar) eedo

pojke (boyigkaya) wiil

flicka (fliika) gabar, gabadh

här (haar) halkan, meeshan, hallkan

där (daar) halkaas, meeshaas, kobtaas

LEKTION 5 CASHARKA 5

SVENSKA
AF-SOOMAALI

Var kan jag få..? (faahr kaan yoo faaw) Xaggee aniga(u) ka heli karaa? Halkee aniga(u) ka heli karaa?

Hur mycket kostar det? (huur muwkeh koostar diit) Waa imiso? Waa meeqo?

Jag måste gå nu (yoo maawsteh gaaw nu) Aniga(u) waxaa waajib igu ah inaan aado

Jag har tappat bort mig (yoo haar taabaat boort maay) Aniga(u) waxaan ka lumay waddadayda

Jag har förlorat mit pass (yoo haar fuurlooraat miit baas) Aniga(u) waxaan dhumiyey baasaboorkayga

Ord
Ereyo

lärare (laarara) macallin

professor (browfasoor) macaallin

ingenjör (inqunyoor) injineer

läkare (leekara) dhakhtar

studerande (istudiiranda) arday

penna (beena) qalin

bok (buuk) buug

tavlan (taaflan) sabuurad

krita (klita) jeesto

exempel (eksaambal) tusaale

LEKTION 6 CASHARKA 6

SVENSKA
AF-SOOMAALI

Skåll! (skawl) Wacan

Tar ni kreditkort? (taahr ni kredhitkoort) Adiga(u) ma qaadataa karaka-deynta?

Var år toaletten? (faahr awr tuu-aleten) Waa xaggee musqusha? Waa halkee suuliga?

Utmårkt (uurtmeewrkt) Wannaagsan

Har du lite vatten? (haar du liite faaqtan?) Ma haysaa waxyar oo biyo ah?

Har du lite vatten? (haar du liite faaqtan?) Adiga(u) ma ahaysaa xooggaa biyo ah?

Jag vill ha lite (yoo fiil haa liite) Aniga(u) waxaan haystaa inyar/waxyar

far (faar) aabo, aabe

tee (tiiya) shaah

mat (maat) cunto, cunno

mjölk (myaalka) caano

bryta (brishta) rooti, furin

kött (shoot) hilib

pasta (baashta) baasto

morot (mulut) daba-caseeye, karooto

ris (biliis) bariis

bönor (beelnuu) digir, cambuulo

smör (ismoor) subag

kaffe (kaafee) kafee, bun

LEKTION 7 CASHARKA 7

SVENSKA
AF-SOOMAALI

Adjö (Ayoo) Nabadgelyo

Akta dig (akta dhaay) Iska jir/Iska fiiri

Bra (braa) Fiican/Wanaagsan

Hej (heey) Sidee

Hur står det till? (huur shtaawr diit tiil) Sidee tahay?

Hursa! (huursa) Iga raalli ahoow!

Djur
Xayawaan

lejon/lejonet (liyoon/liyoonet) aar/gool ama libaax/libaaxad

tiger (taayga) shabeel

dem (daam) digaag, dooro

kamel (kaamel) geel

get (yeet) ar'i, ri'

får (fawran) ido

skinka/lår (skinka/lawr) hilib doofaar

fågel (fawgal) shimbir, shinbir

fisk (fiisk) malluun, mallaay

LEKTION 8 CASHARKA 8

SVENSKA
AF-SOOMAALI

Ja (yaa) haa

Jag förstår inte (yoo fuurshtaawr iinteh) Aniga(u) ma fahmin

Jag vet inte (yoo fiit iinteh) Aniga(u) ma aqaano

Just det (yuust dhiit) Waa sax

Inte (inte) maya/ma aha

Stig in (staay in) Soo gel

Personliga Pronomen
Magac-uyaalada Shaqsiyadeed

Jag är.	Aniga(u) waxaa ahay/Aniga(u) waa
Du är.	Adiga(u) waxaad tahay/Adiga(u) waa
Han är.	Asaga(u) waxuu yahay/Asaga(u) waa
Hon är.	Ayada(u) waxay tahay/Ayada(u) waa
Vi är.	Anaga(u) waxaan nahay/Anaga waa
Ni är.	Adiga(u) waxa aad tihiin/Adinka(u) waa/Adiga waa
De är.	Ayaga(u) waxay yihiin/Ayaga(u) waa

LEKTION 9 CASHARKA 9

SVENSKA
AF-SOOMAALI

Tack (taak) Mahadsanid

Tack, bra (taak braa) Aad ayaad ugu mahadsan tahay

Vålkommen (feekooman) Soo dhawoow

Vi ses senare (fii sees seenaareh) Is-arag dhembe

far (faar) aabo, aabe

tee (tiiya) shaah

mat (maat) cunto, cunno

mjölk (myaalka) caano

bryta (brishta) rooti, furin

kött (shoot) hilib

pasta (baashta) baasto

morot (mulut) daba-caseeye, karooto

ris (bliis) bariis

bönor (beelnuu) digir, cambuulo

sopa/smör (soopa/ismoor) subag/fuud

kaffe (kaafee) kafee, bun

LEKTION 10 CASHARKA 10

SVENSKA
AF-SOOMAALI

Att hyra (aat hywra) kiraysi/kiro

Damer (daamehr) marwo

Drag (daraag) jiid

Icke (ike) maya/midna

ingen ingång (inyan ingawng) ma la geli karo

Utgång (uutgaawng) ka-bixid

Fritt inträde (friit intreede) soo-gelid bilaash ah

Fullsatt (fuulsaat) wax bannaan ma jiraan

Vem? (faam) Kuma? Tee? Kee?

Vad? (faad) Maxay?

Vilket (fiilke) Tee?

Vilka? (fiilka) Tee?

När (naar) Markee? Goorma?

Varför? (faarfoor) Maxaayeelay?

Varför inte? (faarfoor inte?) Waa maxay sababta?

LEKTION 11 CASHARKA 11

SVENSKA
AF-SOOMAALI

Viktiga Ord
Ereyo Muhiim Ah

Ja (yaa) haa

inte (naay) maya

Tack (taak) Mahadsanid

Inte, tack (inte, taak) Maya, mahadsanid

Varsåsod! (faarsagood) Soo dhawoow!

Jag förstår (yoo furshtaawr) Aniga waan fahmayaa

Jag förstår inte (yoo furshtaawr in the) Aniga(u) ma fahmin

glädja (gleeyadiyaa) fadlan

Vilken tid är det? What time is it?

Det är 01:00 klocken. It is 1:00 clock.

Nu (nuu) hadda

Sen (seen) soo daahay

Tidig (tidaay) arooryo/arooyo ah/kalahaad

Snabb (isnaab) deg deg

LEKTION 12 CASHARKA 12

SVENSKA
AF-SOOMAALI

Wadahadal

Talar du engleska? (taahlar duu engleska?) Adiga Ma ku hadashaa Af-ibgiriiska?

Somaliska. Soomaali

Franska. Faransiis

Tyska. Af-jarmal

Jag tahlar inte Svensk. Aniga(u) ma ku hadlo Af-iswiidhish.

Jag vet inte. Aniga(u) ma garanaayo/aniga ma aqaano.

Bil (biil) gaari/baabuur

flygplan (flygblan) diyaarad

TV (tvya) teefishin

båt (bawt) doon

pengar (benyar) lacag

ljus (yuus) nal

gata (gaqtaa) waddo, jid

bro (brow) buundo

tråd (trawd) fiilo, waayar

LEKTION 13 CASHARKA 13

SVENSK
AF-SOOMAALI

Kan du tala långsammare, tack. Fadlan tartiib u hadal.

Kan ni tala långsammare, tack. Fadlan tartiib u hadal.

Var snäll ock skriv upp det för mig. Fadlan ii qor

Personliga Pronomen
Magac-uyaalada Shaqsiyadeed

jag (yoo) Aniga(u)

du (du) Adiga(u)

han (haan) Asaga(u)

hon (hoon) Ayada(u)

vi (fii) Anaga(u)

ni (nii) Adiga(u)/Adinka(u)

de (deey) Ayaga(u)

LEKTION 14 CASHARKA 14

SVENSKA
AF-SOOMAALI

God morgon (guu mooron) subax wanaagsan

Goddag (guudhaag) Galab wanaagsan

God afton (guu aaftoon) Fiid wanaagsan

Godnatt (guunaat) Soo cawo barri! Nabadgelyo!

Adjö (ayoo) Nabadgelyo

Hejdä (haaydhaw) Nabadgelyo

Jag har. Aniga(u) waxaan haystaa/Aniga(u) waan haystaa.

Du har. Adiga(u) waxaad haystaa/Adiga(u) waad haystaa.

Han har. Asaga(u) waxuu haystaa/Asaga9u) wuu haystaa.

Vi har. Anaga(u) waxaan haysanaa.

Ni har. Adinka(u) waxaad haystaan/Adiga(u) waxaad haystaa.

De har. Ayaga(u) waxay haystaan/Ayaga(u) way haystaan.

LEKTION 15 CASHARKA 15

SVENSKA
AF-SOOMAALI

Hur mår du? (huur maawr du?) Sidee tahay?

Förlät (fuurlaawr) Waan ka xumahay

Ursäkta! (uursheekta) Iga raalli ahoow!

Mitt namn är Badal (mit naamn Badal) Aniga(u) magacayga waa Badal.

Jag är mycket ledsen (yaa eer mwiikeh layseen) Aniga(u) aadbaan uga xumahay

Sifooyinka Lahaansho
Possessiva Adjectiv

min (min) kayga

din (drin) taada/kaaga

hans (haans) kiisa

henne (heenaya) keeda/teeda

vår (fawr) keena/teena

din (drin) kaaga/taada

deras (deers) kooda/tooda

LEKTION 16 CASHARKA 16

SVENSKA
AF-SOOMAALI

Kan du hjälpa mig? (kaan du yeelba maay) Adiga(u) ma i caawin kartaa aniga(u)?

Kan du saga mig? (kaan saya maay) Adiga(u) ma ii sheegi kartaa?

Kan jag ha? (kaan yoo haa?) Aniga ma haysan karaa?

Kan jag få det? (kaan yoo faaw diit?) Aniga ma haysan karaa waxa?

Ja, du kan ha (yaa, du kaan haa) Haa, adiga(u) waad haystan kartaa

Personliga Pronomen
Magac-uyaalada Shaqsiyadeed

Jag är. Aniga(u) waxaa ahay/Aniga(u) waa

Du är. Adiga(u) waxaad tahay/Adiga(u) waa

Han är. Asaga(u) waxuu yahay/Asaga(u) waa

Hon är. Ayada(u) waxay tahay/Ayada(u) waa

Vi är. Anaga(u) waxaan nahay/Anaga waa

Ni är. Adiga(u) waxa aad tihiin/Adinka(u) waa/Adiga waa

De är. Ayaga(u) waxay yihiin/Ayaga(u) waa

LEKTION 17 CASHARKA 17

SVENSKA
AF-SOOMAALI

DAGARNA AV VECKAN
MAALMAHA TODDOBAADKA/USBUUCA

Måndag (mawdhaag) Isniin

Tisdag (tiisdhaag) Talaado

Onstag (oonstaag) Arbaco

Torstag (toorshdhaag) Khamiis

Fretag (fraydhaag) Jimco

Löndag (luurdhaag) Sabti

Söndag (sundhaag) Axad

Vilken tid är det? Waa meeqo saac?

Det är 01:00 klocken. Waa 1:00 duhurnimo/Waa 1:00 saac ee duhurnimo.

Nu (nuu) hadda

Sen (seen) soo daahay

Tidig (tiidaay) arooryo/aroor ah/kalahaad

Snabb (isnaab) deg deg ah/dhakhsasho

LEKTION 18 CASHARKA 18

SVENSKA
AF-SOOMAALI

BILAHA SANNADKA
MÅNADADERNA ÅRET

Januari (yanwahri) Janaayo/bisha koowaad

Februari (febrewarii) Feebaraayo/bisha labaad

Mars (maash) Maaj/bisha seddexaad

April (abriil) Abriil/ bisha afaraad

Maj (mahee) Meey/bisha shnaad

Juni (yuuni Juun/bisha lixaad

Juli (yuuli) Luulyo/bisha toddobaad

Augusti (aaguusti) Agoosto/bisha sideedaad

September (sebteembar) Siteembar/bisha sagaalaad

Oktober (oktoober) Aktoobar/bisha tobnaad

November (noofeembar) Nofeembar/bisha koow iyo tobnaad

December (dheseembar) Diseember/bisja laba iyo tobnaad

LEKTION 19 CASHARKA 19

SVENSKA
AF-SOOMAALI

ANTAL
LAMBAR

0 noll (nool) eber/siiro

1 ett (eet) koow

2 twå (tfaw) laba

3 tre (tray) seddex

4 fyra (fiiwra) afar

5 fem (feem) shan

6 sex (sekis) lix

7 sju (shiiw) toddobo

8 åtta (oota) sideed

9 nio (nii-oo) sagaal

10 tion (tii-oo) tobban

11 elva (elfa) koow iyo tobban

12 tolv (toolf) tobban iyo laba

13 tretton (treetoon) tobban iyo seddex

14 fjorton (fyoortoon) tobban iyo afar

15 femton (feemtoon) tobban iyo shan

16 sexton (sekistoon) tobban iyo lix

17 sjutton (shiiwtoon) tobban iyo toddobo

18 arton (aahrtoon) tobban iyo siddeed

19 nitton (nitoon) tobban iyo sagaal

20 tjugo (shiwgoo) labaatan

LEKTION 20 CASHARKA 20

SVENSKA
AF-SOOMAALI

i dag (ii dhahg) maanta

i går (ii gawr) shalay

i morgon (ii mooron) barri, barrito

i förgår (ii furgawr) daraad, daraato

i övermorgon (ii urfmooron) barri dembe

den här veckan (dhayn heer feekan) toddobaadkan, usbuucan

förra veckan (furaa) toddobaadkii la soo dhaafay

nästa veckan (neesta feekan) toddobaadka soo socda

i morse (ii moorsheh) saakay, subaxan

i eftermittag (ii eftermidhahg) galabtay, galabtan

i kväll (ii kfeel) fiidkan

i natt (ii naat) caawo

i går kväll (ii gawr kfeel) xalay

omen tre dagar (om tree dhahgar) seddex maalmood gudahooda

för tre dagar (fur tree dhahgar) seddex maalmood ka hor

sen (seen) soo daahay

tidig (tidaay) hore

snabb (snaab) dhakhso, deg deg

senare (senahreh) goor dhaw

just nu (yewst niw) hadda

en sekunde (en sekiwt) ilbiriqsi, sekan

en minut (en miiniwt) daqiiqad

en kvart (en kfaart) rubi saac, tobban iyo shanty saac

en halvtimme (en halftiimeh) nusa saac, sodden daqiiqo

tre kvart (tree kfaart) afartan iyo shan daqiiqo

LEKTION 21 CASHARKA 21

SVENSKA
AF-SOOMAALI

De SVENSKAAlphabets
Alfabeetadda Af-iswiidhishka

Casharkan waa ku celi si aad u fahanto casharkii koowaad ee buuggan.

A(a) B(b) C(c) D(c) D(d) F(f) G9g) H(h) I(i) J(j) K(k) L(l) M(m) N(n) O(o) P(p) Q(q) R(r) S(s) T(t) U(u) V(v) W(w) X(x) Y(y) Z(z)

SVENSKAVokaler
Shaqallada Af-iswiidhishka

a
e
i
o
u
y
å
ä
ö

Kalmado Muhiin Ah

ja (yaa) haa

inte (inte) Maya

tack (taak) Mahadsanid

Varsägod (faarsgood) Soo dhawoow!

Jag förstär inte (yoo furshtawr inte) Ma fahmin

Talar du Svensk? (taahlar du sfanska) Adiga9u) ma ku hadashaa Af-iswiidhishka?

Engelska (engelska) Ingiliish

Franska (franska) Faransiis

Jag talar inte SVENSKA(yoo taahlar inte sfanska) Aniga(u) ma ku hadlo Af-iswiidhish

Jag vet inte (yoo viit inteh) Aniga ma aqaano/Aniga(u) ma garanayo

Mitt namn är Badal (mit naamn Badal) Aniga(u) magacayga waa Badal.

LEKTION 22 CASHARKA 22

SVENSKA
AF-SOOMAALI

Hej (heey) Waa sidee?

Hur mår du? (huur mawr du) Sidee tahay?

God morgon (goo moron) Subax wanaagsan

Goddag (goodhaahg) Galab wanaagsan

God afton (goo aafton) Fiid wanaagsan

Godnatt (goonaat) Habeen wanaagsan

Adjö (Ayoo) Nabadgelyo Qaab ixtiraam

Hejdå (haydhaw) Nabadgelyo (Qaab Caadi ah)

Ord
Ereyo

Nästa Måndag. Isniinta soo socota.

Nästa Fredags. Jimcaha soo socda.

Förra året. Sannadka la soo dhaafay/Sannadkii hore.

Nästa år. Sannadka soo socda.

nästa veckan. Toddobaadka soo socda/Usbuuca na soo xiga

förra veckan. Toddobaadkii la soo dhaafay/Usbuucii la soo dhaafay

LEKTION 23 CASHARKA 23

SVENSKA
AF-SOOMAALI

Ursåkta (uwrsheekta) Iga raalli ahoow

Förlåt (furlaawt) Waan ka xumahay

Kan du hjälpa mig? (kaan du helba du maay) Adiga(u) ma I caawi kartaa?

Kan du såga mig? (kaan du saaya maay) Adiga(u) ma ii sheegi kartaa?

Kan jag få det? (kaan yoo faaw diit) Aniga(u) ma haysan karaa waxa?

Kan jag ha? Aniga(u) ma haysan karaa?

Vilken tid är det? What time is it?

Det är 01:00 klocken. It is 1:00 clock.

Nu (nuu) hadda.

Sen (seen) Soo daahay.

Tidig (tidaay) Soo dhakhsasho.

Snabb (isnaab) deg deg

LEKTION 24 CASHARKA 24

SVENSKA
AF-SOOMAALI

Jag skulle vilja ha en/ett (yoo skuule filya haa en/et) Aniga(u) waxaan jeclaan lahaa.

Vill du ha en/ett? (fiil du haa en/et?) Adiga(u) ma jeclaan lahayd?

Vill ni ha en/ett? (fiil du haa en/et? Adiga(u) ma jelaan lahayd?

Finns det en/ett …här? (fiins dheeya ehn/et.. haarr) Ma jiraa...halkan?

Drag (daraag) jiid

Icke (ike) maya/midna

ingen ingång (inyan ingawng) ma la geli karo

Utgång (uutgawng) ka-bixid

Fritt inträde (friit intreede) soo-gelid bilaash ah

Fullsatt (fuulsaat) wax bannaan ma jiraan

här (haar) halkan, meeshan, kobtan, mahan

där (daarr) halkaas, meeshaas, kobtaas, muhaas

färval (faafeel) nabadgelyo

LEKTION 25 CASHARKA 25

SVENSKA
AF-SOOMAALI

Var kan jag få..? (faahr kaan yoo faaw..) Xaggee aniga(u) ka heli karaa? Halkee Aniga(u) ka heli karaa?

Hur mycket kostar det? (huur muwkeh koostar diit) Waa imiso? Waa meeqo?

Jag måste gå nu (yoo maawsteh gaaw nu) Aniga(u) waxaa waajib igu ah inaan aado

Jag har tappat bort mig (yoo haar taabaat boort maay) Aniga(u) waxaan ka lumay waddadayda

Jag har förlorat mit pass (yoo haar fuurlooraat miit baas) Aniga(u) waxaan dhumiyey baasaboorkayga

hus (huus) guri

skola (iskowla) iskuul

moské (moskiya) Masaajid

kyrka (shirka) kaniisad

LEKTION 26 CASHARKA 26

SVENSKA
AF-SOOMAALI

Skåll! (skawl) Wacan

Tar ni kreditkort? (taahr ni kredhitkoort?) Adiga(u) ma qaadataa kaarka-deynta?

Var år toaletten? (faahr eer tuu-aletan?) Waa xaggee musqusha? Waa halkee suuliga?

God morgon (goo mooshon) Subax wanaagsan

Hallå! (haalaw) Waa sidee!

God eftermiddag (good aftamidhoog) Galab wanaagsan

God kväll (good keel) habeen wanaagsan.

God natt (good naat) Habeen wanaagsan

Adjö (ayoo) Nabadgelyo (Qaab ixtiraam)

Utmårkt! (uurtmeewrkt) Wannaagsan!

LEKTION 27 CASHARKA 27

SVENSKA
AF-SOOMAALI

Adjö (ayoo) Nabadgelyo

Akta dig (akta dhaay) Iska jir/Iska fiiri

Bra (braa) Fiican/Wanaagsan

Hej (heey) Sidee

Hur står det till? (huur shtawr diit tiil) Sidee tahay?) Sidee tahay?

Hursa (huursa) Iga raalli ahoow

Ja (yaa) haa

Jag förståre inte (yoo fuurshtaawr iinteh) Aniga(u) ma fahmin

Jag vet inte (yoo fiit iinteh) Aniga(u) ma aqaano

Just det (yuust dhiit) Waa sax

Inte (inte) Maya

Stig in! (staay in) Soo gel!

LEKTION 28 CASHARKA 28

SVENSKA
AF-SOOMAALI

Ja (yaa) Haa

Jag förståre inte (yoo fuurshtaawr iinteh) Aniga(u) ma fahmin

Jag vet inte (yoo fiit iinteh) Aniga(u) ma aqaano

Just det (yuust dhiit) Waa sax

Inte (inte) Maya

Stig in (staay in) Soo gel

se dig senare (siya daay siyanaare) Aanu markale is-aragno

se dig snart (siya daay isnowrj) deg deg aanu isku-aragno

snabb(isnaab) deg deg ah

sen (seen) dembe, daahid

i (ii) gudaha

ut (uut) banaan, dibad

komma (kooma) kaalay

gå bort (gaw booj) bax

Personliga Pronomen
Magac-uyaalada Shaqsiyadeed

jag (yoo) Aniga(u)

du (du) Adiga(u)

dig (daay) Adiga(u)

han (haan) Asaga(u)

hon (hoon) Ayada(u)

vi (fii) Anaga(u)

ni (nii) Adiga(u)/Adinka(u)

de (deey) Ayaga(u)

LEKTION 29 CASHARKA 29

SVENSKA
AF-SOOMAALI

Ord
Ereyo

mor (muur) hooyo

far (faar) aabo, aabe

dess (dees) inan

dotter (dhoqtar) inan

farbror (faarbuwar) adeer

faster (faastar) eedo

pojke (boyigkaya) wiil

Personliga Pronomen
Magac-uyaalada Shaqsiyadeed

jag (yoo) Aniga(u)

du (du) Adiga(u)

han (haan) Asaga(u)

hon (hoon) Ayada(u)

vi (fii) Anaga(u)

ni (nii) Adiga(u)/Adinka(u)

de (deey) Ayaga(u)

LEKTION 30 CASHARKA 30

SVENSKA
AF-SOOMAALI

Djur
Xayawaan

lejon/lejonet (liyoon/leyoonet) aar/gool/libaax/libaaxad

tiger (taayga) shabeel

dem (daam) digaag, dooro

kamel (kaamel) geel

get (yeet) ri' a'ri

får (fawran) ido

skinka/lår (skinka/lawr) hilib doofaar

fågel (fawgal) shimbir, shinbir

fisk (fiisk) malluun, mallaay

tee (tiiya) shaah

mat (maat) cunto, cunno

mjölk (myaalka) caano

bryta (brishta) rooti, furin

kött (shoot) hilib

pasta (baashta) baasto

morot (mulut) daba-caseeye, karooto

ris (biliis) bariis

bönor (beelnuu) digir, cambuulo

smör (ismoor) subag

kaffe (kaafee) kafee, bun

ILAYSKA AFAFKA

SOOMAALI-SVENSKA

Dr. Badal W. Kariye
(Hunbul)

DULACDA HADALKA
INNEHÅLL

CASHARKA 1 LEKTION 1

AF-SOOMAALI
SVENSKA

Shibbanayaasha Iyo Shaqalladda Af-soomaaliga

B	C	DH	F	G	H	J	K	L	M	N	R	S	SH
b	c	dh	f	g	h	j	k	l	m	n	r	s	sh
	T	W	Y										
	t	w	y										

Shaqalada Af-soomaaliga

a e i o u

Shaqallada Dhaadheer

aa ee ii oo uu

Alfabeetadda Iyo Shaqallada Af-iswiidhishka
De Alfabet

A(a) B(b) C(c) D(c) D(d) F(f) G(g) H(h) I(i) J(j) K(k) L(l) M(m) N(n) O(o) P(p) Q(q) R(r) S(s) T(t) U(u) V(v) W(w) X(x) Y(y) Z(z) Å(å) Ä(ä) Ö(ö)

Shaqalladda Af-iswiidhishka
SVENSKAVokaler

a
e
i
o
u
y
å
ä
ö

Kalmado Muhiin Ah iyo Dhawaaqa

haa ja

maya inte

maya, ma ba ahan aldrig

mahadsanid tack

Isku-day! Varsägod!

Aniga(u) ma fahmin. Jag förstär inte.

Adiga(u) ma ku hadashaa Af-iswiidishka? Talar du Svensk?

Ingiliish. Engelska.

Faransiis. Franska.

Aniga(u) ma ku hadlo Af-iswiidhish. Jag talar inte Svensk.

Aniga maa aqaano/Ma garanayo. Jag vet inte.

Aniga(u) magacayga waa Badal. Mitt namn är Badal.

CASHARKA 2 LEKTION 2

AF-SOOMAALI
SVENSKA

Waa sidee? Hej!

Sidee tahay? Hur mår du?

Subax wanaagsan. God morgon.

Galab wanaagsan. God eftermiddag.

Fiid wanaagsan. God kväll.

Habeen wanaagsan. God natt.

Nabadgelyo! (Qaab ixtiraam) Adjö!

Nabadgelyo! (Qaab caadi ah) Hejdå!

Magac-uyaalada Shaqsiyadeed
Personlig Pronomen

Aniga(u) Jag

Adiga(u) du

Asaga(u) han

Ayada(u) hon

Anaga(u) vi

Adiga(u)/Adinka(u) ni

Ayaga(u) de

CASHARKA 3 LEKTION 3

AF-SOOMAALI
SVENSKA

Iga raalli ahoow! Ursåkta!

Waan ka xumahay! Förlåt!

Kan du hjålpa mig? (kaan du helba du maay?) Adiga(u) ma I caawi kartaa?

Kan du såga mig? (kaan du saaya maay?) Adiga(u) ma ii sheegi kartaa?

Kan jag få ? (kaan yoo faaw) Aniga(u) ma haysan karaa?

Bilaha Sannadka
De Måneder i året

Janaayo/Bisha koowaad. Januari

Feebaraayo /Bisha labaad. Februar

Maaj/ Bisha seddexaad. Mars

Abriil/Bisha afaraad. April

Meey/Bisha shnaad. Maj

Juun/Bisha lixaadJuni. Juni

Luulyo/Bisha toddobaad. Juli

Agoosto/Bisha sideedaad. Augusti

Siteembar /Bisha sagaalaad. September

Aktoobar/Bisha tobnaad. Oktober

Bisha koow iyo tobaad. November

Bisha laba iyo tobnaad. December.

CASHARKA 4 LEKTION 4

AF-SOOMAALI
SVENSKA

Aniga(u) waxaan jeclaan lahaa. Jag skulle vilja ha en/ett.

Adiga(u) ma jeclaan lahayd? Vill du ha en/ett ?

Adiga(u) ma jelaan lahayd? Vill ni ha en/ett?

Ma jiraa....halkan? Finns det en/ett …här?

Ereyo
Ord

hooyo mor

aabe vatter

inan dess

inan dotter

adeer farbror

eedo faster

wiil pojke

gabar, gabadh flicka

halkan, meeshan, kobtan här

halkaas, meeshas, kobtaas där

CASHARKA 5 LEKTION 5

AF-SOOMAALI
SVENSKA

Xaggee aniga(u) ka heli karaa? Halkee aniga(u) ka heli karaa? Var kan jag få..?

Waa imiso? Waa meeqo? Hur mycket kostar det?

Aniga(u) waxaa waajib igu ah inaan aado. Jag måste gå nu.

Aniga(u) waxaan ka lumay waddadayda. Jag har tappat bort mig.

Aniga(u) waxaan dhumiyey baasaboorkayga. Jag har förlorat mit pass.

Ereyo
Ord

macallin lärare

macaallin professor

injineer ingenjör

dhakhtar läkare

arday studerande

qalin penna

buug bok

sabuurad tavlan

jeesto krita

tusaale exempel

CASHARKA 6 LEKTION 6

AF-SOOMAALI
SVENSKA

Wacan! Fiican! Skåll!

Adiga(u) ma qaadataa karaka-deynta? Tar ni kreditkort?

Waa xaggee musqusha? Waa halkee suuliga? Var år toaletten?

Wannaagsan! Utmårkt!

Ma haysaa waxyar oo biyo ah? Har du lite vatten?

Adiga(u) ma ahaysaa xooggaa biyo ah? Har du lite vatten?

Aniga(u) waxaan haystaa inyar/waxyar. Jag vill ha lite

biyo vatten

shaah tee

cunto, cunno mat

caano mjölk

rooti, furin bryta

hilib kött

baasto pasta

daba-caseeye, karooto morot

bariis ris

digir, cambuulo bönor

subag smör

kafee, bun kaffe

CASHARKA 7 LEKTION 7

AF-SOOMAALI
SVENSKA

Nabadgelyo! Adjö

Iska jir/Iska fiiri! Akta dig!

Fiican/Wanaagsan. Bra.

Waa Sidee! Hej

Sidee tahay? Hur står det till?

Iga raalli ahoow! Hursa!

Xayawaan
Djur

libaax lejon

shabeel tiger

digaag, dooro dem

geel kamel

ar'i, ri' get

ido får

hilib doofaar skinka/lår

shimbir, shinbir fågel

malluun, mallaay fisk

CASHARKA 8 LEKTION 8

AF-SOOMAALI
SVENSKA

Haa. ja

Aniga(u) ma fahmin. Jag förståre inte.

Aniga(u) ma aqaano. Jag vet inte.

Waa sax. Just det.

Maya. Inte.

Soo gel! Stig in!

Magac-uyaalka Shaqsiyadeed
Personliga Pronomen

Aniga(u) waxaa ahay/Aniga(u) waa. Jag är.

Adiga(u) waxaad tahay/Adiga(u) waa. Du är.

Asaga(u) waxuu yahay/Asaga(u) waa. Han är.

Ayada(u) waxay tahay/Ayada(u) waa. Hon är.

Anaga(u) waxaan nahay/Anaga waa. Vi är.

Adiga(u) waxa aad tihiin/Adinka(u) waa/Adiga waa. Ni är.

Ayaga(u) waxay yihiin/Ayaga(u) waa. De är.

CASHARKA 9 LEKTION 9

AF-SOOMAALI
SVENSKA

Mahadsanid. Tack.

Aad ayaad ugu mahadsan tahay. Tack, bra

Soo dhawoow! Vålkommen!

Is-arag dhembe. Vi ses senare

biyo vatten

shaah tee

cunto, cunno mat

caano mjölk

rooti, furin bryta

hilib kött

baasto pasta

daba-caseeye, karooto morot

bariis ris

digir, cambuulo bönor

subag smör

kafee, bun kaffe

CASHARKA 10 LEKTION 10

AF-SOOMAALI
SVENSKA

kiraysi Att hyra!

marwo damer

jiid drag

Maya/midna icke

Ma la geli karo ingen ingång

Ka-bixid! Utgång!

Soo-gelid bilaash ah! Fritt inträde!

Wax bannaan ma jiraan! Fullsatt!

Vem? Kuma? Tee? Kee?

Vad? What?

Vilket? Tee?

När? Markee? Goorma?

Varför? Maxaayeelay?

Varför inte? Waa maxay sababta?

CASHARKA 11 LEKTION 11

AF-SOOMAALI
SVENSKA

Oraah Muhiih Ah/Hadal Muhiim Ah

haa ja

maya inte

mahadsanid tack

Maya, mahadsanid Inte, tack

Soo dhawoow! Varsågod!

Aniga waan fahmayaa. Jag förstår.

Aniga(u) ma fahmin. Jag förstår inte.

fadlan glädja

CASHARKA 12 LEKTION 12

AF-SOOMAALI
SVENSKA

Wadahadal
Samtal

Adiga(u) ma ku hadashaa Af-ibgiriiska? Talar du engleska?

Soomaali. Somaliska.

Faaraansiis. Franska.

Af-jarmal. Tyska.

Aniga(u) ma ku hadlo Af-iswiidhish. Jag tahlar inte SVENSK.

Aniga(u) ma garanaayo/aniga ma aqaano. Jag vet inte.

Possessiva Adjectives
Sifooyinka Lahaansho

kayga/tayda Min

taada/kaaga din

kiisa hans

keeda/teeda henne

keena/teena vår

kaaga/taada din

kooda/tooda deras

CASHARKA 13 LEKTION 13

AF-SOOMAALI
SVENSKA

Fadlan tartiib u hadal. Kan du tala långsammare, tack.

Fadlan adiga(u) tartiib u hadal. Kan ni tala långsammare, tack.

Fadlan ii qor. Var snäll ock skriv upp det för mig.

Magac-uyaalada Shaqsiyadeed
Personlig Pronomen

Aniga(u). Jag

Adiga(u). Du

Adiga(u). Dig

Adiga(u). Herre

Asaga(u). Han

Ayada(u). Hon

Anaga(u). Vi

Adiga(u)/Adinka(u) Ni

Ayaga(u). De

CASHARKA 14 LEKTION 14

AF-SOOMAALI
SVENSKA

Subax wanaagsan. God morgon.

Galab wanaagsan. Goddag.

Fiid wanaagsan. God afton.

Habeen wannaagsan, soo cawo barri. Godnatt

Nabadgelyo! Adjö!

Nabadgelyo! Hejdä!

Gaari/baabuur. Bil.

Diyaarad. Flygplan.

Teefishin. TV.

Doon. Båt.

Lacag. Pengar

Nal. Ljus.

Waddo, jid. Gata.

Buundo. Bro.

Fiilo, waayar. Tråd.

CASHARKA 15 LEKTION 15

AF-SOOMAALI
SVENSKA

Sidee tahay? Hur mår du?

Waan ka xumahay. Förlät.

Iga raalli ahoow! Ursäkta!

Magacayga waa Badal. Mitt namn är Badal.

Aniga(u) aadbaan uga xumahay. Jag är mycket ledsen.

Mahadsanid tack

Soo dhawoow! Varsägod!

Aniga(u) ma fahmin. Jag förstär inte.

Anida(u) ma ku hadashaa Af-iswiidishka? Talar du SVENSK?

Ingiliish. Engelska.

CASHARKA 16 LEKTION 16

AF-SOOMAALI
SVENSKA

Adiga(u) ma i caawin kartaa aniga(u)? Kan du hjälpa mig?

Adiga(u) ma ii sheegi kartaa? Kan du saga mig?

Aniga ma haysan karaa? Kan jag få?

Haa, adiga(u) waad haystan kartaa. Ja, du kan ha.

Magac-uyaalka Shaqsiyadeed
Personliga Pronomen

Aniga(u) waxaa ahay/Aniga(u) waa. Jag är.

Adiga(u) waxaad tahay/Adiga(u) waa. Du är.

Asaga(u) waxuu yahay/Asaga(u) waa. Han är

Ayada(u) waxay tahay/Ayada(u) waa. Hon är.

Anaga(u) waxaan nahay/Anaga waa. Vi är.

Adiga(u) waxa aad tihiin/Adinka(u) waa/Adiga waa. Ni är.

Ayaga(u) waxay yihiin/Ayaga(u) waa. De är.

CASHARKA 17 LEKTION 17

AF-SOOMAALI
SVENSKA

MAALMAHA TODDOBAADKA/USBUUCA
DAGARNA AV VECKAN

Isniin måndag

Talaado tisdag

Arbaco onstag

Khamiis torstag

Jimco fretag

Sabti löndag

Axad söndag

Waa Isniin. Det är på Måndag.

Waa Jimco. Det är på Fredag.

Isniinta soo socota/Isniinta na soo xigta. Nästa Måndag.

Jimcaha soo socota/Jimcaha na soo xigta. Nästa Fredags.

Sannadkii la soo dhaafay. Förra året.

Sannadka soo socda/Sannadka na soo xiga. Nästa år.

Toddobaadka soosocda/Usbuuca soo socda. Nästa veckan.

Toddobaadkii la soo dhaafay/Usbuucii tagay. Förra veckan.

CASHARKA 18 LEKTION 18

AF-SOOMAALI
SVENSKA

BILAHA SANNADKA
MÅNADADERNA ÅRET

Janaayo/Bisha koowaad. Januari

Feebaraayo /Bisha labaad. Februar

Maaj/ Bisha seddexaad. Mars

Abriil/Bisha afaraad. April

Meey/Bisha shnaad. Maj

Juun/Bisha lixaadJuni. Juni

Luulyo/Bisha toddobaad. Juli

Agoosto/Bisha sideedaad. Augusti

Siteembar /Bisha sagaalaad. September

Aktoobar/Bisha tobnaad. Oktober

Bisha koow iyo tobaad. November

Bisha laba iyo tobnaad. December.

CASHARKA 19 LEKTION 19

SVENSKA
AF-SOOMAALI

LAMBAR
ANTAL

eber/siiro 0 noll

koow 1 ett

laba 2 twå

seddex 3 tre

afar 4 fyra

shan 5 fem

lix 6 sex

toddobo 7 sju

sideed 8 åtta

sagaal 9 nio

tobban 10 tion

koow iyo tobban 11 elva

tobban iyo laba 12 tolv

tobban iyo seddex 13 tretton

tobban iyo afar 14 fjorton

tobban iyo shan 15 femton

tobban iyo lix 16 sexton

tobban iyo toddobo 17 sjutton

tobban iyo siddeed 18 arton

tobban iyo sagaal 19 nitton

labaatan 20 tjugo

CASHARKA 20 LEKTION 20

AF-SOOMAALI
SVENSKA

maanta i dag

shalay i går

barri, barrito i morgon

daraad, daraato i förgår

barri dembe i övermorgon

toddobaadkan, usbuucan den här veckan

toddobaadkii la soo dhaafay förra veckan

toddobaadka soo socda nästa veckan

saakay, subaxan i morse

galabtay, galabtan i eftermittag

fiidkan i kvåll

caawo i natt

xalay i går kväll

seddex maalmood gudahooda omen tre dagar

seddex maalmood ka hor för tre dagar

soo daahay sen

hore tidig

dhakhso, deg deg snabb

goor dhaw senare

hadda just nu

ilbiriqsi, sekan en sekunde

daqiiqad en minut

rubi saac, tobban iyo shanty saac en kvart

nusa saac, sodden daqiiqo en halvtimme

afartan iyo shan daqiiqo tre kvart

LEKTION 21 CASHARKA 21

AF-SOOMAALI
SVENSKA

Alfabeetadda Af-iswiidhishka
De SVENSKAAlphabet

Casharkan waa ku celi si aad u fahanto casharkii koowaad ee buuggan.

A(a) B(b) C(c) D(c) D(d) F(f) G9g) H(h) I(i) J(j) K(k) L(l) M(m) N(n) O(o) P(p) Q(q) R(r) S(s) T(t) U(u) V(v) W(w) X(x) Y(y) Z(z)

Shaqallada Af-iswiidhishka
SVENSKAVokaler

å
ä

ö
é
ü
æ
ø

Kalmado Muhiin Ah

haa ja

maya, ma ahan inte

mahadsanid tack

Soo dhawoow! Varsägod!

Aniga(u) ma fahmin. Jag förstär inte.

Anida(u) ma ku hadashaa Af-iswiidishka? Talar du Svensk?

Ingiliish. Engelska.

Faransiis. Franska.

Aniga(u) a ku hadlo Af-iswiidish. Jag talar inte Svensk.

Aniga maa aqaano/Aniga(u) Ma garanayo. Jag vet inte.

Aniga(u) waxaa la i dhahaa Badal. Mitt namn är Badal.

Aiga(u) magacayga waa Badal. Jag heter Badal.

Aniga(u) waxaa la iigu yeeraa Badal. Jag heter Badal.

CASHARKA 22 LEKTION 22

AF-SOOMAALI
SVENSKA

Waa sidee? Hej!

Sidee tahay? Hur mår du?

Subax wanaagsan. God morgon.

Galab wanaagsan. Goddag.

Fiid wanaagsan. God afton.

Habeen wanaagsan. Godnatt.

Nabadgelyo Qaab ixtiraam. Adjö!

Nabadgelyo! (Qaab Caadi ah) Hejdå!

CASHARKA 23 LEKTION 23

AF-SOOMAALI
SVENSKA

Iga raalli ahoow! Ursåkta!

Waan ka xumahay! Förlåt!

Adiga(u) ma i caawi kartaa aniga? Kan du hjälpa mig?

Adiga(u) ma ii sheegi kartaa aniga? Kan du såga mig?

Aniga(u) ma haysan karaa waxa? Kan jag få det?

Aniga(u) ma haysan karaa? Kan jag ha?

hus guri

skola iskuul

moské. masaajid

kyrka kaniisad

CASHARKA 24 LEKTION 24

AF-SOOMAALI
SVENSKA

Aniga(u) waxaan jeclaan lahaa. Jag skulle vilja ha en/ett.

Adiga(u) ma jeclaan lahayd? Vill du ha en/ett?

Adiga(u) ma jelaan lahayd? Vill ni ha en/ett?

Ma jiraa..,halkan? Finns det en/ett …hår?

Jiid. Drag

Maya/midna. Icke.

Ma la geli karo. Ingen ingång

Ka-bixid. Utgång.

Soo-gelid bilaash ah! Fritt inträde!

Wax bannaan ma jiraan. Fullsatt.

CASHARKA 25 LEKTION 25

AF-SOOMAALI
SVENSKA

Xaggee aniga(u) ka heli karaa? Halkee Aniga(u) ka heli karaa? Var kan jag få..?

Waa imiso? Waa meeqo? Hur mycket kostar det?

Aniga(u) waxaa waajib igu ah inaan aado. Jag måste gå nu.

Aniga(u) waxaan ka lumay waddadayda Jag har tappat bort mig.

Aniga(u) waxaan dhumiyey baasaboorkayga. Jag har förlorat mit pass.

Aniga(u) waxaan haystaa/Aniga(u) waan haystaa. Jag har.

Adiga(u) waxaad haystaa/Adiga(u) waad haystaa. Du har.

Asaga(u) waxuu haystaa/Asaga9u) wuu haystaa. Han har.

Anaga(u) waxaan haysanaa. Vi har.

Adinka(u) waxaad haystaan/Adiga(u) waxaad haystaa. Ni har.

Ayaga(u) waxay haystaan/Ayaga(u) way haystaan. De har.

CASHARKA 26 LEKTION 26

AF-SOOMAALI
SVENSKA

Wacan! Skåll!

Adiga(u) ma qaadataa kaarka-deynta? Adiga(u) ma qaadataa kaarka-amaahda? Tar ni kreditkort?

Waa xaggee musqusha? Waa halkee suuliga? Var år toaletten?

Hallå! (haalaw) Waa sidee!

Galab wanaagsan. God eftermiddag.

Fiid wanaagsan. God kväll.

Habeen wanaagsan. God natt

Nabadgelyo! (qaab ixtiraam) Adjö!

Wannaagsan! Utmårkt!

CASHARKA 27 LEKTION 27

AF-SOOMAALI
SVENSKA

Nabadgelyo! Adjö!

Iska jir!/Iska fiiri! Akta dig!

Fiican/Wanaagsan. Bra

Haye!/Waa sidee! Hej!

Sidee tahay? Hur står det till?

Iga raalli ahoow! Hursa!

Haa. Ja

Aniga(u) ma fahmin. Jag förståre inte.

Aniga(u) ma aqaano. Jag vet inte.

Waa sax. Just det.

Maya/ma ahan. Inte

Soo gel! Stig in!

CASHARKA 28 LEKTION 28

AF-SOOMAALI
SVENSKA

Haa. ja

Aniga(u) ma fahmin. Jag förståre inte.

Aniga(u) ma aqaano. Jag vet inte.

Waa sax. Just det.

maya/ma/ma ahan. inte

Soo gel! Stig in!

Aanu markale is-aragno! Se dig senare!

deg deg aanu isku-aragno! Se dig snart!

deg deg ah! Snabb!

dembe, daahid. Sen.

Gudaha/Ku dhex jira. I (i).

banaan, dibad. Ut.

Kaalay. Komma.

Bax! Gå bort!

Magac-uyaalka Shaqsiyadeed
Personlig Pronomen

Aniga(u) jag

Adiga(u) du

Adiga(u) dig

Adiga(u) herre

Asaga(u) han

Ayada(u) hon

Anaga(u) vi

Adiga(u)/Adinka(u) ni

Ayaga(u) de

CASHARKA 29 LEKTION 29

AF-SOOMAALI
SVENSKA

Ereyo
Ord

hooyo mor

f aabo, aabe ar

inan dess

inan dotter

adeer farbror

eedo faster

wiil pojke

Magac-uyaalada Shaqsiyadeed
Personlig Pronomen

Aniga(u) jag

Adiga(u) du

Adiga(u) dig

Adiga(u) herre

Asaga(u) han

Ayada(u) hon

Anaga(u) vi

Adiga(u)/Adinka(u) ni

Ayaga(u) de

CASHARKA 30 LEKTION 30

AF-SOOMAALI
SVENSKA

Xayawaan
Djur

aar/gool lejon/lejonet

shabeel tiger

digaag, dooro dem

geel kamel

ar'i, ri' get

ido får

hilib doofaar skinka/lår

fshimbir, shinbir fågel

malluun, mallaay fisk

shaah tee

saft cabbitaam/sharaab

cunto, cunno mat

caano mjölk

rooti, furin bryta

hilib kött

baasto pasta

daba-caseeye, karooto morot

bariis ris

digir, cambuulo bönor

subag smör

kafee, bun kaffe

Lambaro
Antal

soddon trettio = 30

afartan fyrtio = 40

konton femtio = 50

lixdan sextio = 60

toddobaatan sjuttio = 70

sideetan åttio =80

sagaashan nittio = 90

boqol hundra =100

kun tusen = 1000

tobban kun tusental tio = 10000

boqol kun hundratusen = 100000

milyan Million = 1000000

www.ingramcontent.com/pod-product-compliance
Ingram Content Group UK Ltd.
Pitfield, Milton Keynes, MK11 3LW, UK
UKHW020221250726
13967UKWH00001B/123

9 781312 325968